KB142341

거울 속 당신 누구요

거울 속 당신 누구요

2024년 02월 27일 제 1판 인쇄 발행

지 은 이 | 김용자
펴 낸 이 | 박종래
펴 낸 곳 | 도서출판 명성서림

등록번호 | 301-2014-013
주　　소 | 04625 서울시 중구 필동로 6 (2, 3층)
대표전화 | 02)2277-2800
팩　　스 | 02)2277-8945
이 메 일 | ms8944@chol.com

값 10,000원
ISBN 979-11-93543-53-5

이 책은 한국예술인복지재단의 2023년도 창작지원금으로 발간•제작되었습니다

거울 속 당신 누구요

김용자 시집

도서출판 명성서림

머리말

첫 시집을 출간할 때는 시집이 나오는 날까지 마냥 설렘과 기쁨으로 잠을 이루지 못하는 날이었다면 두 번째 시집을 내면서는 약간의 두려움이 앞서기도 했다.

그냥 시 쓰는 것이 좋아서 누구와 비교도 없이 내 마음 붓 가는 대로 써온 글들이 이제 황혼의 나이에 접어든 지금 시는 더욱 나의 진정한 동반자가 되어 가고 있다.

시를 떼어 놓은 내 삶은 상상할 수가 없어졌다.

내 외로운 황혼 녘에 허전함과 쓸쓸함을 위로해 주는 황혼길 친구 때론 내 고집스러움이 시의 향기를 잃게 하지는 않을까. 주저하는 내게 시는 말한다.

네가 쓰던 사람 냄새가 나는 글 그냥 그대로 쓰자고 발길에 차여도 꿋꿋하게 살아가는 들꽃 같은 삶을 사랑하면서 살자고 부족한 2집을 내는데 다음 편을 기대한다며 용기를 주셨던 저를 아는 모든 사랑하는 분들께 지면을 통해 감사 인사를 전합니다.

1부

들꽃

머리말

2부

가을숲

3부

인생역

4부

낙 엽

1부

들꽃

봄이 오는 길모퉁이 여린 들꽃
무엇이 궁금해
아무도 오지 않은 산길에

아침 이슬로 단장하고 아기 젖니
방긋 내밀며 작은 손 흔드니

아직 푸르름이 채워지지
않은 벌거숭이 산속에
너무 일찍 나온 것은 아닌지
여린 네 모습이 애초롭구나

두려워하지 말고 당당하게
푸르름이 오기 전에 소풍을 즐기렴

마음 밭에 시를 캐다

마음밭에 시어들이
나를 부른다 숨었던
밭에서 빨리 나가
세상 구경을 하고 싶다고

너무도 많은 시어 들이
유혹하고 있어 고를 수가 없다
저를 캐내 주세요

조랑 조랑 달린 글들이
나의 시상을 깨운다

어떤 글을 골라야 아픈 이의
마음은 치유해 주고
사랑하고픈 이는 설레게
할 수 있을까

시밭에서 고민을 하고 있다

내가 없어지고 있다

조금씩 내가 없어진다
머릿속에 기억들을 누군가
자꾸 꺼내간다

설렘과 희망도 조금씩
가져간다 꿈틀거리던 본능과
욕망도 조금씩 잊어 버렸다

튼튼했던 팔다리
나를 즐겁게 했던 식욕
십 리 밖을 볼 것 같았던 내 안구
보이지 않는 무엇이 조금씩
나에 것을 가져가 버린다

내 곡간의 모든 것을 털어 가면
난 없어지겠지

봄의 아가 튤립

봄비가 나풀나풀 내리는 공원에
예쁜 복주머니 머리에 이고
재잘재잘 키 재기 하며 놀고 있는
아가 튤립들

가랑비에 간지러 가녀린 목
움츠리면 실바람 빗물 닦아주며
귀여워 못 견디겠다는 듯
키스 세례 퍼붓네

어느 날 오 마진 복주머니가
열리는 날 귀여움 사라지고
요염한 자태로 오가는 시선
훔쳐 가겠지

소백산의 하얀 철쭉

소백산 군락지에
터 잡고 살아온 너

소복素服 단장하고
서글프기 그지없는
얼굴로 움츠린 듯
피어 있구나

화려하지 못한 네 모습이
서러운 것이냐
열등감에 떨지 말아라

핏빛의 붉은꽃두
질투의 화신 노랑꽃 두
네가 있어 더 빛나고 아름답다

전철 안의 신발

전철 안 신발들이
나란히 나란히
피곤에 지친 군상들
꼿꼿한 신발

다소곳이 자리를
지키는 신발
널브러진 신발
세상이 불안한 듯

흔들어 대는 신발
고단한 삶이 신발에
숨어 있다

내가 사랑한 단양

저마다 고향이 아름답다
하지만 내 삶이 젖어 있는
단양을 펼쳐본다

사람의 눈높이에 맞추듯
잔잔이 내려앉은
철쭉의 향을 머금은 소백의 능선

탐을 내지만 누구도 가져갈 수 없는
신에게 물려받은 거대한 유산
단양팔경

산허리를 휘감고 흐르는
민초들의 젖줄 남한강

강변에 뒹구는 몽돌 하나도
이름 없이 핀 들꽃까지
단양의 밑그림이 되어 빛이 되고

도도한 삼봉의 정신은
단양의 민심에 스며들어
더불어 사는 지혜와 곧은
선비의 기개가 보인다

단양의 축제

오월 단양은 풍성하다
싱그런 푸르름의 소백산

옥빛으로 흐르는 남한강
단양 시민을 위해 아낌 없이
무대로 내어 주니

지상엔 흥겨운 음악
춤사위가 벌어지고

하늘엔 새들이 노래하네

갈고닦은 솜씨 난전에 펼치니
뭇 눈길 지갑문이 열린다

마음과 가슴으로 쓰고 그린
알알이 영근 결과물 들

여행객 감성 흠빽 적시며
발걸음 부여잡는구나

유월의 단비

어젯밤 그렇게
호령하며 내린 단비는
가뭄에 찌들고 미세 먼지
뒤집어쓴

산천초목 벌거벗겨
목욕시키느라
그렇게 요란했는가 보다

온산의 나무들 갓 시집온
새색시 목욕하고 나온 듯
풋풋한 향수 뿌리고

싱그런 얼굴로 아침 햇살 맞는구나!
아~유월의 푸르름 속에
바람이 되어 휘젓고 싶다

평온한 숲속

평온한 숲은 많은
사랑꾼들을 품고 산다

영혼을 파고드는 새들의 노래
숲을 애무하는 바람 소리

초롱한 눈망울 굴리며
먹이 사슬의 법칙대로 움직이는
작은 생명들의 행복한
속삭임이 숲을 채운다

산을 베개 삼아 하늘을 보면
파란 하늘 언저리 구름 한 자락
나도 숲에 살고 싶다 하네

한가위

한가위 보름달
바다와 하늘에 떴네

내 어린 시절
그때 본 달에 모습 변함이
없는데

언제부터인가
달 옆엔 그리운 이들만

조랑조랑 달려있네
달은 그대로인데

내 몸은 사그라져
마음만 행복했던

어린 시절 그곳 청산에서
노닐고 있구나

가을 타고 온 비보

기억 저편에 묻었던 너
가을바람에 실려 온 너의
소식 들었네

단풍으로 흐드러진 가을
코스모스 바람에 날리고
하늘은 푸르러 흰 구름 노닐던
그곳

호박꽃 같은 나를 코스모스라
불러 주었던 "너"
잡을 수 없었던 너였기에
그리움으로 묻었던 사람

가을 타고 날아온 비보는
몇 달 남지 않은 시한부
라 하네

시한부 아닌 인생은 없다지만
내 마음 허공을 날으는 빈 껍데기
되었네

가을 추억

파란 가을 하늘 언저리
빠알간 고추잠자리 날고

흰 구름은 목화솜 뽑아
가을 하늘에 펴헛치던
날

개울가 붉은 낙엽 돛단배
만들어 떠나보내고

누군가 올 것 같은 비포장
신작로 길 갈래 머리
설레게 했던 갈 바람에
살랑이던 가녀린 코스모스

그곳에 두고 온 그리움을
가져와 낯선 가을 하늘에
매달아 본다

어느 가을 여행

가을 하늘 퍼담아
작은 호수 만들어
예쁜 낙엽 모아 돛단배
띄우고 싶은 날

바람은 애무하며
희롱하듯 스치고

누구의 시샘인가
온산을 불 질러
불바다 만들었네

이승의 임무 마치고
떠나는 가을 위해
불꽃 축제 벌였나

고즈넉한 산사의
화려한 단청 밑에

흔들리는 풍경 소리
가을의 마지막 날을
배웅하려는 듯

하늘 커튼

오늘도 하늘이
커튼을 내렸다

인간 세상 내려다
보기가 역겨운가 보다

요즘 하늘이 자주
커튼을 내린다
인간들이 만들어 낸

문명의 찌꺼기 미세 먼지
하늘이 오염될까
두려운 것일까

신작로

희뿌연 신작로 길에
내 지나온 추억이 눕는다

오일장 아버지 꽁치 꾸러미가 있고
무명 보따리 속엔 호떡 봉지
식을세라 잰걸음으로
오시던 어머님이 있다

명절이면 빼딱 구두 신작로에
볼 우물 남기며 선물꾸러미
한아름 안고 복숭아꽃처럼
환하게 웃던 내 언니도 있었다

아직도 신작로 길 위에는
기다림이 있다

한 해를 보내며

아련한 그리움으로 다가오는
행복했던 기억은 가슴 한편에 남겨

마음이 우울할 때 빛바랜
추억을 꺼내듯 마음을
정화시켜 주는 성수가 되게
하여 주시옵고

나쁜 기억 들은 망각으로
씻어 날려 버리고
행복으로 채워 가는 새날
되게 하소서

세상 제일 어두운 곳
작은 촛불이 되어 빛이
되게 하시옵고

마지막 잎새처럼 애초롭게
매달려 있는 달력 한 장

일 년의 희로애락 지켜보느라
고생했다 쓰담하며 떼어 낸다

풋사랑

진달래 활짝 피고
소쩍새 울고 간 하늘
어스름한 달빛이 봄내음을
삼키던 밤

향긋한 풀내음 같은 너를
만났지 상큼한 너의 향기는
세상 어떤
향수 보다 나를 취하게 했고

잇속이 박꽃같이 희고 가지런
했던 미소는 설렘의 깊은
수렁에 빠지게 했지

그 풋사랑 다시 불러와
감성 메마른 가슴에
그리움 하나 피워 보려 한다

침입자 코로나19

고요한 아침의 나라
대한민국
아름다운 금수강산을
탐내던 수많은 침약자들
우린

민족의 혼을 불살라
대한민국을 지켜 냈다
코로나19

형체도 없고 괴괴하고
음산한 것이

문밖을 지뢰밭으로 만들고
우리의 혼까지 갉아먹으려 한다
우월한 유전자

대한민국의 민족이여
불같이 일어나 침입자를
박멸해 버리자

2부

바 다

동해의
푸른 바다 내 마음 묶은 때
말끔히 씻어 주고 ~

격하게 달려드는 파도
기억 하나 가져와 내 귀에
담는다

아득한 수평선 노을빛 무대
칼군무 기러기 바다를 채우면

점 하나 작은 섬
나보다 외로워 보이는구나

봄으로 가는 길!

키 작은 이월의
징검다리를 건너
희망과 설렘을
안고 온 삼월이 신고식을 했다

봄의 전령사 개구리가
잠에서 용수철처럼 튀어나와
큰 눈 부릅뜨고 코로나19도
쫓아 버릴 기세다

잡힐 듯 와있는 봄으로
가는 길가에 성급하다며
살을 외는 칼바람이
바짓가랑이를 잡아당긴다

홀로 가는 길

이산 저산
꽃은 피어 나를 봐 달라
아우성인데 아무도
찾는 이 없으니

화려한 얼굴로
단장하고 기다리다 지쳐
짧은 한 생 마감하고
바람과 떠나가네!

꽃만 홀로 떠나더냐
만물의 영장 인간도
바이러스 저승사자
따라올까

냉동차에 얼리고
다비식으로 불에 볶아
다시 오지 못할 먼 길
홀로 떠나보내는구나

봄

대지는 숨을 고르며
씨를 품기 위한
준비를 하고

온산은 연두색으로 밑그림을 그리며
햇살을 빌려
봄을 채워 가려 한다

사람들은 역마살이 들어
홀린 듯 밖으로 끓여 간다

봄이 채워 가는 그림 속에
묵은 허물을 벗고
희망으로 탄생하고 싶다

제비 꽃

가슴 아리도록
너를 사랑 했다

수줍은 듯 닥아온
아름다운 네 작은 영혼

독한 짝사랑으로
내맘에 들어온 너

사랑 한것 후회 하지
않으리

꽃물들이고 떠난 너
꽃물
지기전에 돌아 올테니

내 나이

머리엔 흰눈 내려
백발 성성 하고

내 입은 아이고 아이고
같은 노래만 기억 한다

천근 몸은
누울곳만 찾는구나

가을 숲

가을 숲에 갈때는
귀는 활짝 열고

마음은 헹구어
빈 주머니로 간다

숲의 선물을담아
와야 하니

열린귀에는 아름다운
오케스트라로 채우고

빈 마음주머니에는
풍요로움과 요람같은
평화로움을

덤으론
숲의 가족들이
나누고 남은 먹거리를
망태기 가득 담아온다

긴 장마

하늘의 노여움은
언제쯤 풀리려나

험상 궂은 얼굴로
폭우를 쏟아 부으며
세상을 뒤 엎으려 한다

강약을 조절해
퍼붓는 비 만신창이
상흔을 남기며 할퀸다

지붕 끝에 매달려
생명이 경각에 달린 황소의
선한 눈망울이 가슴에
슬픔으로 자리한다

도도한 물살은
무엇이든 먹어 치우는
악마의 목구멍으로
변해 버렸다

가을 공원의 빈 의자

엄마 품처럼 따스한
가을 햇빛이 온기를
남기고 간 자리

생을 다한 낙엽 하나
힘없이 낙하 의자에
남아 있는 햇살 베고 눕는다

어디서 불어왔나
써늘한 갈 바람 앙상하게
메말라 웅크린 낙엽을
메몰차게 몰아내고
슬며시 떠난다

얼마나 많은 사람들이
엉덩이를 들이밀며 시답지
않은 얘기들을 쏟아 내고
갔을까

오늘도 아픈 관절 감추고
가을볕에 몸을 달구어
누군가를 기다린다

손주가 왔어요

총성 없는 코로나와의
전쟁 속에 새 생명 손주가
태여 났어요

불안하고 힘든 세상에
어쩌자고 두 주먹 불끈 쥐고
호수 같은 맑은 눈망울 담고
천사의 얼굴로 왔어요

고사리 같은 작은 손
앙증 맡은 작은 발
보드라운 아가의 살내음이
욕심까지 정화시킬것 같아요

때 묻은 세상 속 에 넣지 말고
키웠으면 좋겠어요

옥수수

우리 집 텃밭 옥수수
비가 오면 도랑 내주고
가뭄 들면 아픈 다리 끌며
달 보며 물을 주었다

주인의 정성을 먹고 자랐는지
하늘 높은 줄 모르고 키를 키우더니
어느 날 벌떼들이 옥수수밭에 낙하
저마다 쌍둥이를 임신 중이란다

아가의 머리는 태중에서부터
빨강 물감 염색을 하고 부드런
머릿결을 휘날리며 엄마의 사랑
독차지 한다

몇 겹의 포대기로 감싸 안은 자식
이별을 예고한 것일까
자꾸 더 감싸 안는다

일상의 탈출

키다리 아파트 밑에
소박하게 자리한 작은 화단

삼월의 햇살이 아직은 추운지
바위틈에 웅크린 민들레가
배시시 웃어 준다

4개월 손자는
유모차에서 마스크 중무장
쌔근 쌔근 잠이 들고

11살 손녀 딸 탈출이 기쁜지
날으 는 종달새 처럼 재잘 거리며
화단을 맴돈다

방안에만 갇혀 있던 우리
밖에 봄이 기다리고 있는줄
몰랐었네

봄이 만들어 내는 소생의 기氣
사그라 드는 나의 몸에두
수혈 해보자

봄 동산에 오르면

여러 날 봄비와
꽃들은 자작 거리며
수선을 떨더니

과하지 않은
파스텔의 고급진 색으로
봄을 연출해 냈구나

솔잎의 은은한 향수
바람에 실어 온산에
날리고

흐르는 맑은 물소리
나의 이명을 쫓아 내
귀를 맑게 한다

화목한 새들의
함창은 뒤엉킨
내 혈관을 산뜻한
깃털처럼 비워 주고

소환하지 않은 행복한
추억은 동산에 와 뒹군다

아카시아는 그리움이다

올망졸망 자갈들과 부딪치며
도란도란 흐르는 개울가 둑

일렬로 선 아카시아 아가씨들
흔들리는 촛불처럼
부드러운 강아지풀 향과
그리움을 타고 온다

순백의 옷 속에 소녀의
순결처럼 지켜온 꿀단지

향기에 취해 동서 구분 못하는
무례한 꿀벌들에게 아낌없이
내어 주고

여름날 울 아버지
냉수 한 그릇에도 유영 한다

밤 비

무엇이 서러워
밤새 머리 풀어 헤치고
창문을 두드려 잠 못 들게
하느냐

오늘 너의 노크 소리는
내 심장 깊숙이 오한을
들게 하는구나

밤비야 네 몽니로 내 아픈 추억을
소환하지 말아 다오

이렇게 그냥 숙면하고
내일 아침 창틈새로 상큼하게
새어 드는 바람과 깨고 싶다

오 월

세월이란 놈이
오월의 반을 주워 먹고
내 나이도 덤으로 가져 갔다

잘근 잘근 세월을 먹어 치우는
오월아!
잠깐 멈추어 줄 수 없겠니

요염한 몸짓으로 유혹하는
장미의 슬픈 눈망울에도
오월 너는 차겁기만 하구나

우장산

숨이 턱이 차도록 올라온
우장산공원 운동기구에
매달린 사람들 돌리는 사람들

우장산에 오는 사람들의 목적은 하나
마음과 몸의 건강을 위해 온다
목적이 같으니 마음도 통한다

스치는 인연들이 어제 본 듯 반갑다
며칠 전 봤던 철쭉은 줄행랑을 쳤고
다정스런 장미가 이름 모를 꽃들과
반긴다

잡새들의 질서 없는 지저귐도
클래식인 듯 숲이 편곡을 한다
평생의 파트너와 같이 걸을 수 있는
꽃길 내어 주어 고맙소

어미 마음

"괜찮아" 호기 있게 문을 꽝
닫고 나오는 순간
흐려진 눈이 방향 감각도 잃었다

"엄마는 도움이 안돼"
그 말속에 포개 저 있는 것들이
기어 나와 나를 괴롭힌다

다 주고 싶지만...
아무것도 해줄수 없는
늙은이가 초라하게 쇼윈도를
힐끗 거리며 걷는다

미안 하단 말이나 하지 말지
그 속엔 엄마 나 죽을 만큼 힘들어

참았던 눈물이 폭포수가 되어 솟구친다
전쟁 같았던 내 삶의 흉터들이
다시 꿈틀 거린다

"아! 무엇이 될꼬?"

볼 때마다 귀여움이 똑똑
떨어지는 열한 살 손녀딸
착하기만 한 것 같지만
주장이 뚜렷하고 예스맨은 아니다

갓태여난 동생을 엄마처럼 보살피는 착한 누나
엄마는 자기의 심장 같다는 깊은 효심
수학을 좋아하는 똑똑한 아이

할머니가 오시는 날은 기분이 너무 좋아
학교에서 창문을 깨고 날아오고 싶단다

할머니를 생각하면 파란 하늘에
흰구름을 타고 폭신한 아기곰을
앉고 있는 기분이란다

아! 무엇이 될꼬? 할미 마음을
오색 풍선 타고 하늘을 날게 한다

3부

전철 안의 침묵

삼삼오오 도란도란
얘기 소리도 사라졌다

천태 만상의 얼굴 표정과
대화 들은 마스크가 입을
채워 버렸다
입이 아닌 눈이 역할을 바꾸어
대화를 한다

대신 입을 채운 입 마개가
패션으로 눈요깃감이 돼 간다
빨강 노랑 파랑 무지개 색깔 되어

오늘도 침묵의 통속을 마스크
행 렬이 부지런이 들락인다

노망난 하늘

밤새 우르릉 꽝꽝
천둥과 번개를 동반
핵폭탄이라도 퍼붓듯

창문을 대낮 같이 밝히며
속살을 훔쳐보더니

우두득 우두득 심술 난 빗줄기는
유리창도 뚫을 기세다

잠을 이룰 수 없던 밤
노망 난 하늘은 청명한
아침을 가져다 놓았다

그곳에 가고 싶다

다랑어 논길 지나 좁은 한
오솔길 따라올라 가면

산 꿩이 푸드덕거리며 보초를 서고
산바람이 온몸으로 안아 주던
작은 골짜기

찔레꽃이 꽃무덤을 이루고
망개나무가 울타리를 치며
막아서던 곳 거기에 가면
내 비밀 창고가 있었다

가시 덩굴 속에 핀 장미꽃처럼
탐스럽게 열린 산딸기 군락지
보리밥에 허기를 채우지 못했던 시절
허겁지겁 배를 채웠던 산딸기

그리움과 버무린 내 꿈이 살고 있던 흔적
세월이 지워 버린 것은 아닌지

여름날의 추억

여름 바다에 서면 추억이 달려온다
하얀 백사장에 네가 있고
파도 소리에도 네 숨결이 실려 온다

어디에 눈을 두어도 그곳엔 네가 있다
바다를 끼고 달리던 차 안에도
푸르름이 익어 가던 그 계곡에도

정상에서 야호를 부르며 땀을 씻어 내던
그곳에두 어김없이 네가 있었다

네가 떠나고 없는 이곳에서 추억의
이삭을 주우려 애쓰지 않아도 추억이 달려와
내 주머니를 채운다

인생역

내 인생엔 많은 인연들이
낙엽처럼 떨어졌다 사라졌다
가슴에 박혀 불화살처럼
상처를 남기기도 하고

내 것으로 착각하여
온몸을 불살라 태워 보기도 했다
서러움의 끝을 느끼며 이별도 했었다

내 욕심이었던가
소유 코자 할수록 고독의 늪에
빠져 허우적 대기도 했다

모두가 떠난 이 허허로운
인생의 종착역이 가까운 간이역그
래도 다시 돌아가라 하면 다시 돌아
가지 않겠다

우리처럼 달려오는 저 마지막
황혼 열차에 나를 맏기련다

자매의 만남

설렘이 나보다 앞서 대문을 연다
미지의 세계 여행도 아니지만
내 형제들과의 만남은 그냥 좋다

아직은 내 감성이 시들지 않았나 보다
두 시간을 달려온 우리의 만남의 장소
반가워 제자리 뜀을 한다

흰머리가 멋지다며 서로 위로하고
곱던 손길은 잡는 순간 세월의 흔적이
느껴진다

보리밥에 파전을 앞에 놓고 맛있다
맛있어 반가운 만남이 양념이 되어
더 맛이 있나 보다

만날 때마다 늘어 나는 약봉지는
잊어 버렸다
이런 마음 이면 백 년은 살 것 같다

나른한 오후

더위에 지친 산골 마을이
휴식에 들어간 나른한 오후

산그늘에 몸을 누이고
감미로운 음악을 듣는다

느린 리듬을 타고 흐느적
거리는 고추잠자리

멀리 산봉우리에 걸터 앉아
수다를 떨던 구름도 휴식에 들어 간 듯

닭장을 짓던 옆집 아저씨의
망치 소리만 앞산에 부딪쳐

툇마루 밑에 졸던 강아지
놀라 귀를 탈탈 턴다

호박꽃

못생긴 여자를 보면
누가 호박 꽃 닮았다
헛웃음 쳤나요

나를 모욕하지 말아요
내가 얼마나 후덕하고
교양 있는 꽃인지 모르 시는군요

나를 들여다보세요
얼마나 기품 있는 아름 다움을
지녔는지

나를 좋아하는 이는
변덕이 없고 사람 냄새가
나는 사람이죠

고향 향수를 담뿍 머금고
돌담 위에 핀 나는 향기 나는
아름다운 꽃 이랍니다

찜통더위

콘크리트로 도배한
도시는 말 그대로 찜통이다

날씨를 진행하는 아나 운서의
실험용 베이컨이 콘크리트 길 위에서
기름 눈물을 흘리며 익어 간다

세 살 손자 놈 땀범벅 눈물범벅
고사리 손 내 저으며 밖을 나가자
애원한다

그늘 밑에 피접이라도
가고 싶지만 코로 나란
놈이 어디서 육탄전으로
공격을 해올지

더위에 지친 에어 컨이
삐그덕 삐그덕 관절에
기름 빠진 소리를 낸다

이런 날은 열흘 굶은 시 어머니
얼굴을 한 소나기라도
만나고 싶다

내 사랑 폰

전철 안 사람들에 핸드폰 자판기
두드리는 손놀림이 분주하다

내 손두 슬그머니
나에 사랑 핸드폰을 찾는다
깊숙이 더 깊숙이 “어?” 잡히지를 않는다

가슴이 요동을 치며 “쿵” 내려 앉는다
앞이 캄캄해저 간다

순간 모든 전화번호가
머릿속에서 날아가 버렸다
끈 떨어진 연이 된 두려움

부끄러움도 없이 배낭을 털었다
요망한 것이 깊숙한 안 주머니에서
날 찾았냐며 삐죽 내민다
난 언제 부터 너의 포로였니

가을 상흔傷痕

어깨 위에 떨어지는
낙엽 하나에도 가을의
외로움이 파르르 떤다

저만치
온산을 물들이며
숨차게 달려오는
가을의 군화軍靴 소리가
공포로 몰려온다

별이 쏟아져 구멍 난
하늘처럼 내 가슴에
가을이 총구를 낸다

가을에 떠난 사람이
내 영혼을 파 간 것일까

늙은 동심

오십 년 만에 찾은 내 고향
정겹던 웃음소리 간 곳 없고

민둥산이었던 동산 만이
산새가 수려해 저
위엄을 갖추고 우리를
맞는다

다람쥐 길처럼 들락이던
오솔길은
사라 진지 오래인 듯

발가벗고 놀던 숲 속의
작은 저수지가 잔잔한
물결을 일렁이며
꿈결인 듯 동심을 부른다

백발을 휘날이며
동요부터 트롯까지
마음 깊은 곳 추억까지
끌어내 불러 제쳤다

숲이 늙은 동심을 말없이
경청하며 관객이 돼 줬다

후 회

낙엽이 바람에 휘날리는 날
호수처럼 맑은 하늘 보며
후회한다

왜 내 인생을 어두운 색으로만
그려 냈을까 저렇게 맑은 가을 하늘처럼
티 없이 맑은 그림으로 그려내지 못했을까

덧칠할 수 있다면 어두운 색은
거두어 내고 싶다

처음 태여 날 때는 저렇게
티 없이 맑은 바탕 화면이었을 텐데
내가 잘못 그려 낸 것이다

생을 다한 낙엽은 후회하며 떨어 질까
부끄럽 없이 살아온 삶에 만족하며
떠나는 걸까

산책 길

몸의 게으름이
운동을 해야 한다는
의지에 떠밀려

오랜만에 산책 길에 나섰다
초겨울의 알싸한 바람이
기분 나쁘지 않게 스킨십을 한다

겨울에게 옷을 내어준
나목들이 수줍은 듯 뻘쭘이 서 있고
단벌 옷의 푸르른 소나무
나목의 곁을 지키며

절개와 기상을 뽐내듯 서서
내 바닥난 욕망도 깨워 준다

산책길의 낙엽은 융단 길이 돼주고
포드득 내려온 까치 한 마리
산책길의 동행이 돼 준다

첫 눈

첫눈이 온다
첫눈이 오는 날은 내마음이
먼저 그곳으로 달린다

혹여 너두 그곳에서
서성거리지 안을까
기대하면서

까만 머리가 흰눈처럼
백발이 된 지금도

첫눈이 오는 날은 내가 먼저
설렘을 앉고 그곳으로 간다
황혼의 대지 위에

흩뿌려진 하얀 눈가루
한홉 그리움 향 맞아 본다

시인의 죽음

낮이면 산천초목과
바람 구름 햇살이
원고지에 내려앉고

밤이면 달과 별들이
문학을 주제 삼아
토론을 벌이다 갔나요

삼라만상 고요한 날
술잔에 어린 달빛에서
깨달음을 캐내셨나요

홀로이 외로움 친구 삼아
세상 여행 끝내시던 날
누가 길동무 돼 주셨나요

맑고 고운 시혼 여기에 심고
하늘에 별이 되소서

선유도 공원에서

코로나와의 전쟁이
휴전에 들어간 어느 날

몇 년만의 개장인가
일찍 핀 꽃들은 절정을
보여 주지 못한 아쉬움에

꽃잎 떨구어 작은 화단에
팝콘으로 쌓아 놓았네

갓 태어난 초록의 새싹들은
청초하고 싱그런 향을
온 공원에 뿌려 대며 봄을
만끽하라 한다

화사한 봄 햇빛과 해후한
강물은 윤슬을 만들며 감성을
불러 자극하고

아! 잔잔한 아리수의 물결은
사랑의 연서를 강물에 띄워
보라 하네

영원한 내 편

모두가 둥지를 찾아 떠난
텅 빈 집 인기척만 느껴 저도
마음이 든든하다

내 푸념의 대상이
돼준 고마운 사람 내 언어가
망각 되지 않고 남아 있어
단어를 꺼내 쓸 수 있는 것은
당신 덕이요

오늘따라 왠지 돌아앉은
당신의 뒷모습이 호기와
기백은 다 빠져나가고
내 모성 본능을 자극하는
쓸쓸함만 어깨에 걸려 있구려

언니의 동치미

언니의 동치미 한 모금
마시면 시원하고 알싸한
바다의 맛이 파도를 타듯
목을 타고 흐른다

언니의 동치미 아삭 깨물면
내 몸속의 맛에 세포들
일제히 기립 환영한다

언니의 동치미 한 사발
밥상에 놓으면 옥양목 앞치마
사각거리며

겨울밤 동치미
썰어 주시던 친정엄마가
미소를 띠운다

4부

황혼 길 친구

굴러가는 가랑잎만 보아도
속 없이 까르르 웃던 어릴 적
친구가 추억 속에 산다면

외로움이 서늘하게 느껴지던
내 황혼길에 산전수전으로
인생 곱게 디듬고 아름다운
노을처럼 곱게 익은 친구를 만났다

내 안색 만으로도 건강을 살펴 주는
잘 익은 예쁜 낙엽 같은 내 친구

내 황혼 길에 이런 보석 같은
친구를 만난 것은 내 인생에
마지막 복권이다

우리가 가는 길 끝까지 같이
갈 수는 없겠지만
몸으로 만날 수 없으면
목소리가 들릴 때까지 내 친구이길

시루섬

수백 년 살아온 터진
수마에게 빼앗기고

남한강 중심에 덕석
만큼 남은 땅 물살에
침식될까 오늘도 노심초사

그날의 고귀한 정신과
투혼 후세에 전하려

팔경과 어깨 겨루며
단양의 정신으로 계승
되어야 할것이다

시루섬의 그날

하늘이 구멍 난 듯 쏟아
지던 장대비

악마의 혓 바닥 날름거리며
어둠과 함께 차오르던 붉은 물살

작은 물탱크에 의지한
하늘에 매단 목숨 들

그 공포 이기지 못해
엄마의 젖가슴 파고드는
아가의 몸부림이

지켜 주지 못하는 어미의
심장을 갈기갈기 찢는다

물살에 떠밀여 폭풍앞에 촛불이
된 황소의 슬픈 눈망울이
그날을 말해 주고 가려는 듯

단양 시루섬의 기적 50주년 행사 (예술인 출품작 전시)

이태원 그날

꽃피고 아름답던
계절은 기름을 바른 듯
빠른 세월에 미끄러져
아직 피우지 못한

아름다운 인꽃까지
겨울 속에 묻으려 한다
슬퍼할 겨를도 없이

무슨 일이 있었냐는 듯
표정 없이 대문 앞에
서 있는 겨울

우린 운명처럼 겨울을
맞아야 한다
아! 이유 있는 반항을
한번 해보고 싶다

82 병동

공기마저 멈춘 듯
고요한 새벽 2시 82 병동

어느 병실에서인가
찢어지는 듯한 환자의 목소리가
고요를 가른다

나 퇴원 시켜줘 이 할매 때문에
스트레스를 받아 없던 병도 생길 것 같애
나 좀 여기서 내보내 줘 울부짖는
목소리다

똑같이 아픈 환자 들인데
내 아픔이 크니 남의 아픔을
들여다볼 여유가 없는가 보다

다시 고요해진 새벽 내 몸속의
세균들이 다시 불꽃놀이를 시작했는가
온 몸이 달아 오른다
물 대포라도 쏘아 버리고 싶다

늙은 새 한 마리

지치고 늙은 새 한 마리 터널 속을
빠져나오려 안간힘을 쓴다

밤이 가고 밝은 태양이 떠오르지만
여전히 밖은 어둡기만 하다

발버둥을 칠수록 빠져드는 늪
눈은 떴으나 보이지 않고
귀는 열렸으나 듣지를 못한다

늙은 새의 바램은 이게 아닌데
뿌옇게 회칠된 미라처럼
온몸이 감겨져 간다

누굴까
붉은손을 흔들며 나를 부르는 소리
위선과 고집의 알을 깨고 밖으로 나오렴
무엇을 위하여 어디를 가랴

늙은 새 한 마리 날개를 접는다

生 色

생명의 샘물 같은
도움을 받은 적이 있다

내 머리를 뽑아 짚신을
삼아 주고 싶었던 사람

그 베품 생명이 다 하는
날까지 품으려 했다

그는 생색이라는 두 글자를
앞세워 타인 앞에 나를 발가 벗겼다

설평기려雪坪騎驢

밤이 떠난 들판은 적설의
눈빛으로 눈꽃을 비추고
부딪치며 포개진 눈 위엔
이른 여명이 찾는다

설산으로 내려앉은 우장산의
소담한 두 쌍봉 동트는 새벽빛에
성역인 듯 신비감을 휘감고

설 잠 깬 선비 망건에 삿갓 눌러쓰고
안장에 오르니 흥분한 당나귀
뒷발질로 화답하네

산과 들이 화폭畵幅이요 시제詩題이니
성정性情 흩트려 깨지 말고 하얀 눈길
알아서 가라 귀띔한다

2023년도 작품, 설평기려雪坪騎驢
겸재 정선의 문화 예술제 출품작

새 벽

아파트 창문 너머
희뿌연 하늘에 몽롱한
그믐달이 새벽을 밝힌다

누구를 기다리며 뜬 눈으로
밤을 새웠는지 감기려는
실눈은 잠으로 빠지려 하고

창 틈새를 비집고 들어온
새벽바람은 밤새 어디를
쏘다니다 왔는지 이불속을
파고들어 나갈 생각을 않는다

어머니의 쌀 씻는 소리가
단잠을 깨우면
새벽은 희망으로 가득한
아침을 짓고 있다

거울 속 당신 누구요

현관문을 나서며
매일 마주 보는 거울 속에
웬 낯선 여자가 서 있다

머리 위엔 파뿌리 같은
엉성한 흰 머리를 이고
구부정한 거북목 쭈글쭈글
골패인 얼굴

조화롭지 못한 임플란트
하얀 이를 히죽거리며
괴물처럼 나를 쳐다본다

당신 누구요? 나! 당신.

만학도

소싯적엔 내 가족을
지키기 위해 땅만 보고
걸었다면

황혼이 된 지금 나는
하늘을 보고 당당히 걷는다

사람은 보이는 만큼
세상을 보고 산다고 한다
만학도가 되면서 나는
세상 보는 눈이 달라졌다

약봉지 늘어가는 주제에
무슨 부질 없는 짓이냐
누군가는 말하지만

사람은 누구나 병고에
시달리다 없어지는 것
아프다고 가만히 앉아
몸과 마음을 고사 시키고
싶지는 않다

녹슬어 버린 내 영혼에 공부의
향기를 불어 넣어 향기 나는
사람으로 살다 가고 싶다

낙 엽

연지 곤지 치장하고
뭇사람 유혹했던 붉은 낙엽

어젯밤 초겨울비에 이별 예고도
없이 나비 되어 낙하 했내

붉은 낙엽 떠나가며 어미 몸은
벌거벗겨 나목으로 만들었구나
애타게 지켜보던 푸른 소나무

떠나보내니 시원 섭섭하시겠우
자식을 출가 시켜보지 않은
당신이 내 마음 어찌 알겠소

편 지

가슴속 깊이
묻어둔 사랑이 있다

빛바랜 어두운 사랑 하나
아직도 서러워 웅크려
울고 있는 사랑

그 사랑에게 편지를 쓴다
바람을 만나면 바람에게
구름을 만나면 구름에게
편지를 보낸다

어디로 가는지도 모르면서
수취인 없는 편지를 보낸다

집으로 가는 길

폐차장 한구석에 자리 잡아야
할 것 같은 덜커덩 하우스 어느 누구의
세단보다 값진 사랑의 하우스

사랑하는 이 가 옆에 있어 가슴이 따듯하고
하늘은 백내장이 자리 한 듯
뿌옇지만 마음이 맑으니 푸르다

따듯한 내 집으로 돌아가는 산모퉁이 길
작은 저수지에 산은 반신욕을 하며
우리에게도 발을 담그고 가라 한다

덜커덩 하우스는 오늘도 행복을 싫고
내 가족이 기다리는 집으로 달린다

(첨언 덜커덩 하우스 폐차 직전의 트럭)

그리워

그리워 이곳에 왔습니다
기다리지 않는다고
걱정하지 말라고 누구 편에
소식이라도 전해주지

숨 가쁘게 달려왔건만
먼 산만 바라보며 나를 모르는 척
하는군요

언젠가는 내 숨도 이 땅속에
묻히겠지만 사랑하며 호흡해야 할
선물 같은 사랑이 있기에
당신께 감사하며 살아갑니다

엄마가 미안하다

엄마가 세상을 경험해 보고
너희를 키웠다면 너희를 훌륭하게
키웠을까 모든 것을 초보로
시작했던 어설픈 엄마

너희가 가는 길에 밝은 등불이
돼주지 못해서 미안하구나
길을 잃고 헤매게 해서 미안하다

아름다운 추억만 안겨주어야 하는
부모가 상처만 안겨줘서 미안하다
엄마의 잣대로 사랑을 나누어서
미안하다

어릴 적 너희는 부모에게
순간 순간 많은 행복도 선물했는데
해준게 없어 그래서 미안하다

엄마가 빈손이라서 유산을
남기지는 못 하지만
칠 십 년을 살다 얻은 지혜는

세상을 긍정으로 보고 끈기로
버티며 준비하다 보면 언젠가는
꼭 좋은 기회가 너희에게 온다는 것
그것만 기억해 주면 좋겠다

얘들아 살아 보니 사는 방법이
여러 가지더구나 늘 부드러운 혀로
말을 하면 싸움이 없고 비굴함이 아닌
겸손으로 대하면 가까운 이들과
불편할 일이 없더구나

험한 세상 지혜의 샘이 마르지 않는
빛이 되는 삶을 살아가길 엄마는
간절히 간절히 기도 한다

행복했던 여행

퀭한 눈으로 밤을 새워도 좋다
내일 닦아올 미지의 세계를 꿈꾸면 행복하니까
잡다한 마음 내려놓고 가방 하나 둘러메고
친구와 부산으로 여행을 떠났다

차창 밖으로 흐르는 풍경은 몽환의
안개 커튼 사이로 수채화처럼 흐르고
눈꽃의 풍경은 내 눈 속의 필름에 담는다
순백의 들판은 발자욱을 포개 달라 유혹하는데
미끄러지듯 내 달리는
쇠붙이 기차는 여행객 마음 아랑곳없이
전속력으로 달려 부산역에 우리를 쏟아 내었다

바다가 보이는 그림 같은 찻집에서
커피 향에 취해 몽롱했고 비릿한 바다 냄새는
상상의 나래를 펴는 소녀의 시절로 타임머신을 태웠다

태종대의 검푸른 물결 멀리 보이는 오륙도
춤사위 날리며 끼룩거리는 갈매기
추억을 실어 나르며 일렁이는 파도
어느 것 하나 놓이고 싶지 않은 그림이었다

여행이 이렇게 즐거운 것은 가슴을 열고
말할 수 있는 친구가 있기 때문이겠지

단양의 하루

하늘이 강물인지
강물이 하늘인지
바람이 동행 하내

빼어난 기암 괴석
선녀탕인듯 남한강에 몸 담그고
유유 자적

신의 정원이었던가
팔경이 발길 묶으니

철죽향 머금고
잔잔이 내려 앉은 소백의 능선
어머니의 품인듯 정겹게 반긴다

단양의 하루 해
남한강 치마폭에 거둘 때
수양개 빛터널 엔

두향의 사랑 담은 묵향이
그리움 되어 빛을 타고 흐르는구나

겨울 들녘 까마귀

해는 지고 뭍 바람이
불어오는 황량한 들녘

철 지난 볏짚단에 조용히
내려앉은 까마귀 한 마리
외로워 울어 대지만

스산한 겨울바람 매정
스럽게 깃털을 쪼아 댄다
서럽구나 이 겨울이

시 해설

농익은 시적 자화상이 그려낸 고아한 에스프리Esprit

— 김용자 시인의 제 2집 『거울 속 당신 누구요』 론

복재희

(시인, 수필가, 문학평론가)

1. 프롤로그— 시인의 시詩적 고갱이 의식

성경의 「시편」이나, 동양의 『시경』의 「사무사」의 말이나, 공자를 위시해서 아리스토텔레스의 시에 대한 언급까지 오랫동안 인간의 곁에는 항상 시의 형태가 인간의 의식을 지배하거나 아니면 시가 인간의 의식을 변화시키는 도구로 사용된 관계를 부정할 수 없다.

시는 인간의 삶과 사랑 혹은 죽음이나 이별에 이르기까지 살아있는 인간의 문제를 노래하는 —가장 아름답게 혹은 순수하고 깨끗하게 영탄하는 임무가 시의 본질임을 김용자 시

인은 이미 인지하는 언덕에 서있기에 구사하는 언어의 깊이와 시적표정이 순정하고 상당한 깊이임을 알 수 있다.

구지 덧붙이자면 시는 논리나 설득이 아니고 평형을 가진 감수성이라 간파한 시인이다. 더욱이 시는 균형을 가진 감성을 강조하기 때문에 시를 아는 것은 곧 성숙된 인간의 가치를 발견하는 사람일 것이다.

때문에 시는 곧 삶의 길이요 인간의 모두를 포괄하는 정서적인 작업이다. 시인이 시를 찾아 헤매는 것도 이런 이치에 다가간다.

김용자 시인의 시를 감별鑑別하자니 언어를 넉넉하게 운용하는 시인이란 확인이 된다. 이름에 매달리는 허영의 언어가 아니라, 삶의 진실과 숨겨둔 고독 그리고 시에 내재된 진실에서 함께 만나는 조화로움을 발견할 수 있으며, 또한 진지함이 생동감을 줄 뿐만 아니라, 작금의 시인의 풍년에서 시다운 향기를 만나는 예가 되어 기쁨이 인다.

이제 그런 고갱이 의식을 증명하는 논지로 작품을 열어보자.

2. 시인의 이타적인 마음 밭에서 캐낸 작품

한 작가의 시를 대하면 바로 시인의 모두를 만난다는 점에서 시는 작가의 거울이다. 그것도 그의 내면을 속속들이 파악할 수 있을 뿐만 아니라 과거와 현재 그리고 미래를 예감할 수 있는 심리적인 요소가 총체적으로 표현되어 있다.

산문은 낯설게 하기라는 포장이 있어 묘사나 혹은 설명으로 딴전을 피우지만 시의 경우엔 인간을 전면으로 노출해야 비로소 감동을 만날 수 있는 ―시는 인간의 모두를 포괄하는 방법을 사용해야하는 책무를 지닌다.

여기서 시는 인간의 사고와 감정의 모두를 풀어쓰는 것이 아니라 응축하는 상징과 비유의 언어에다 기교를 추가해야 한다는 사실이기에 시 쓰기의 어려움을 가중하는 것이다.

시가 문학의 앞자리를 차지하는 이유가 되는 것도 문학작품 중에서 가장 지난하고 어려운 장르라는 뜻이 된다.

시는 천재의 예술이라고도 말하지만 많은 경험을 농도 있게 익혀야 하는 점에서 익히고 익혀야 제 맛을 내는 토속적인 맛을 외면할 수 없는 경우도 허다하다. 김용자 시인도 이렇듯 아름다운 시적 언어를 표출하기까지는 그만의 곱든 밉든 여러 삶의 경험들이 지대한 시적 태반이 되었음을 부인할 수 없으리라.

도자기가 고열의 불 속을 견뎌야 순백의 고운 빛을 얻듯이 시인의 길도 단순한 글쟁이가 아닌 이상 발효시켜 맛을 내야하는 ―상처들의 아우성과 처절한 고독을 승화된 감정 독에 잘 버무려 맛깔스럽게 담아내야하는 나름의 숙명인지도 모른다.

김 시인의 두 번째 상제되는 시집 『거울 속 당신 누구요』

는 난해하진 않지만 읽을수록 고아한 맛이 진하고 가볍게 읽어도 좋을 시는 한 편도 없다.

보일 듯 보이지 않고 알 듯 모를 —작가의 시를 사랑하는 간절함이 행간마다 숨어있음을 눈 밝은 독자는 보물을 찾듯 발견해 공감하기를 바랄 뿐이다.

꽃을 사랑하고 사람을 사랑하고 자연까지 사랑하는 화자의 마음 밭에서 캔 시를 맛보자.

마음 밭에 시어들이
나를 부른다 숨었던
밭에서 빨리 나가
세상 구경을 하고 싶다고

너무도 많은 시어 들이
유혹하고 있어 고를 수가 없다
저를 캐내 주세요

조랑 조랑 달린 글들이
나의 시상을 깨운다

어떤 글을 골라야 아픈 이의
마음은 치유해 주고
사랑하고픈 이는 설레게
할 수 있을까

시 밭에서 고민을 하고 있다

「마음 밭에 시를 캐다」 전문

5연 14행으로 세상구경하고 싶어서 마음 밭에서 빨리 시로 탄생하고 싶어서 속이 타는 '시어'들을 시적화자로 삼은 작품이다.

정작, 완성도 높은 시어를 창조하여 마침하게 백지에 앉히고 싶은 사람은 바로 김 시인 자신이기에 시인의 시적 갈망의 독백이거나 시인의 자화상인 셈이다.

2연을 보자.

"*너무도 많은 시어 들이 / 유혹하고 있어 고를 수가 없다 / 저를 캐내 주세요*" 이러한 고민은 이렇다 할 명성을 얻은 시인도 거개 하고 있는 고민이다. 수많은 언어들이 내면에서 충돌을 일으키나 시인의 마음에 합당한 시어로 선택되어 백지에 앉아 주기란 지난至難한 곤고함 뒤에야 얻어지는 것이리라. 김 시인은 '유혹'이란 선명한 언어로 이를 표현한다. 말 그대로 유혹에 넘어가서는 실패할 경우가 번다繁多한 점을 김 시인은 이미 알고 있다는 반증이다.

4연을 보자.

"*어떤 글을 골라야 아픈 이의 / 마음은 치유해 주고 / 사랑하고픈 이는 설레게 할 수 있을까 / 시 밭에서 고민을 하고 있다*" 시란 무엇인가에 대한 정석으로 위 4연을 언급하면 정답이다.

수많은 시론이 있겠지만 시의 본질이 바로 상대의 가슴에 위무慰撫이자 감동이거나 설렘이라고 표현하는 김 시인은 이미 서정시의 언덕을 오르고 있기에 필자에게도 큰 기쁨이 인다. 또한 마지막 한행을 한 연으로 배열한 *"시 밭에서 고민을 하고 있다"* 시적 센스도 일품이다. 시의 첫줄은 신이 준다면 시의 마지막 행은 화룡점정畵龍點睛이 아닐 수 없다.

3. 아무리 효자라도 어미 마음은 모른다

시는 자신을 표현하고 또한 자신 만큼 쓴다고 주장한다. 시의 특성이 곧 개성의 기록일 때 자기라는 중심에서 크게 벗어나는 것이 아니기 때문이다. 시의 특성은 항상 자기로 돌아가는 길을 찾는 방랑이면서 방황의 끝에 돌아온 자기와의 대면에 가슴을 드러낼 수밖에 없다는 점이다.

시적 장치의 비유나 은유 혹은 온갖 시적 결과로 포장할지라도 그 껍질은 벗기면 알몸의 자기라는 대상과의 조우遭遇에 불과하다는 뜻이다. 결국은 진실과 만나게 되는 것이 시詩다.

시는 시인이 살고 있는 현실의 고뇌 혹은 미래를 바라보는 시선과 의식을 구성하고 있는 비밀이나 사상 등의 부유물을 수집하여 자기만의 성城을 구축해야하는데 성공적인 시인도 있지만 더러는 나열에 난감亂感으로 바라보는 허무

함도 있을 수 있다. 그러나 어느 형태든지 시의 모습은 자기적인 모습이 진실일 경우에는 감동을 전달하게 된다. 그 이유는 어느 시인이든 최선을 다해 피를 찍어 시를 창조하기 때문이다.

시는 어머니의 손맛처럼 계량컵을 사용하지 않아도 맛깔스런 음식을 만드는 것일 뿐, ―잘 쓰는 법을 아는 사람이 있다면 그것은 거짓말이다. 그저 절망을 희망이게 하는 역할에 충실하면 된다는 추상적인 설명이 필자의 주장이다.

「어미 마음」을 만나보자.

"괜찮아" 호기 있게 문을 꽝
닫고 나오는 순간
흐려진 눈이 방향 감각도 잃었다

"엄마는 도움이 안 돼"
그 말속에 포개져 있는 것들이
기어 나와 나를 괴롭힌다

다 주고 싶지만...
아무것도 해줄 수 없는
늙은이가 초라하게 쇼윈도를
힐끗 거리며 걷는다

미안 하단 말이나 하지 말지
그 속엔 엄마 나 죽을 만큼 힘들어

참았던 눈물이 폭포수가 되어 솟구친다
전쟁 같았던 내 삶의 흉터들이다시 꿈틀 거린다

「어미 마음」 전문

세상의 자식들에게 아니 요즘 자식들에게 필자는 죽비를 들고 싶다.

지구상에서 가장 아름다운 단어가 '어머니Mather'라는 조사결과를 만난 적 있다.

어머니는 인간 앞에 보여 지는 신의 다른 이름이라고 필자는 주장한다. 물질이 모든 것을 제치고 우선시되는 작금에 돈 때문에 부모를 서슴지 않고 살해하는 폐륜아 는 있지만 자식을 돈 때문에 살해하는 어머니는 아직 본 적이 없다.

필자가 주장하기엔 세상의 어머니들이 자식에게 미안해하지 않길 소망한다. 그 이유로는, 한때는 한 몸이었지만 엄마는 죽음을 불사하고 둘로 나눠어 세상에 빛을 주었다.

그러한 어머니를 어찌하여 자식들은 퍼 가도 퍼 가도 마르지 않는 화수분처럼 생각하는지, 오롯이 희생하시며 키워준 모정은 신의 영역이라서 도무지 자식입장에서는 정녕 이해불가理解不可한 것일까? 진지하게 세상의 자식들에게 물어보고 싶다.

슬픈 일화로, 어느 남자가 한 여인을 만났는데 그 여인은 남자의 사랑을 시험하느라, 남자 어머니의 심장을 떼어오라고 주문을 한다. 사랑에 눈이 먼 남자는 자신의 어머니 심장을 떼어내어 여인에게 정신없이 뛰어가다 그만 넘어졌는데 그때 땅에 떨어진 어머니 심장이 "얘야! 어디 다친 데는 없니?"라고 걱정을 한다. 이런 어머니를 어찌 시어로 다 표현한단 말인가? 그 무한하신 사랑엔 아무리 최상의 언어로 옮겨도 턱없이 부족할 뿐이다.

김용자 시인이 위 작품에서 다룬 "어미 마음"은 김 시인의 자신을 일컬었지만 그 옛날 우리 어머니 세대를 대입해 보면 답이 보인다.

필자가 어머니라는 단어엔 이례적으로 예민함을 드러낼 수밖에 없는 이유라면 우리의 어머니들 세대는 모두가 한恨이란 말 외엔 설명이 불가하기 때문이다.

난해하지 않은 작품이라 해설이 사족蛇足일수도 있겠다만 마지막 연을 소개하자면 *"참았던 눈물이 폭포수가 되어 솟구친다 / 전쟁 같았던 내 삶의 흉터들이 / 다시 꿈틀 거린다"* 자식에게 아무것도 해줄 수 없어서 묻어둔 삶의 아픔들이 북받쳐 오르는 화자의 감정을 진하게 전달받게 한다. 이것이 바로 시의 힘이다. 내로라하는 시인의 시집 전체에도 괜찮은 시는 한 두 편에 불과하다고 본다면, 글 길을 사랑하는 김용자 시인의 문운이 환하리란 확신이 든다.

4. 시인의 가슴에 상흔傷痕을 낸 가을

시가 감각적이라는 말에는 신선한 정서의 모임을 일괄해서 말하는 경우가 된다. 의미를 강조하는 철학 시詩 보다는 오히려 정서가 신선함이나 생동감을 줄 때 맛깔스런 인상을 획득하는 것은 시의 정서가 신선함을 따라가게 된다는 강조가 될 것이다. 이는 언어의 운용에 섬세하고 독특성을 가미할 때 신선함을 갖는 느낌이 생성한다는 점과 일치한다.

시詩는 정서와 의미의 두 축을 갖고 적절한 조화의 지점을 가질 때, 비로소 시가 갖는 감동의 효과를 상승시킬 수 있게 된다는 점이다. 운율이나 이미지 그리고 시적인 배경이나 구성의 묘미는 감정색조가 선명하게 윤곽을 나타낼 때, 독자의 앞에 진열된 시의 모습은 높은 의미의 공간을 점령하게 될 것이다. 김 시인의 시는 상당한 분량의 시가 감각적 결합에서 수려함을 입증하고 있다. 이는 안정감의 언어와 구조를 의미로 환치換置하는 시적 재치와 시어를 제 자리에 배열하는 절차를 맛깔나게 수행하는 뜻으로 이해하면 좋겠다.

시인의 가슴에 총구를 낸 가을을 만나보자.

어깨 위에 떨어지는
낙엽 하나에도 가을의
외로움이 파르르 떤다

저만치

온 산을 물들이며
숨차게 달려오는
가을의 군화軍靴 소리가
공포로 몰려온다

별이 쏟아져 구멍 난
하늘처럼 내 가슴에
가을이 총구를 낸다

가을에 떠난 사람이
내 영혼을 파 간 것일까

「*가을 상흔傷痕*」 전문

한 시인의 일생을 면밀히 돌아보면 시와 삶과는 항상 일체화의 길이 이어지고 시는 이런 삶의 모든 것을 담아내는 캔버스에 그려진 자화상을 시어로 포착하게 된다. 결국 예술은 자기를 어떤 방도로 나타낼 것인가에서 문학은 가장 리얼한 방법으로 나열된다. 왜냐하면 심리적인 섬세함이나 사고의 폭을 위시해서 일생의 축도를 요약할 수 있는 넓이를 갖고 있기 때문이다.

문학은 인간의 일생을 돌아보는 광범위성이나 실증이상학적이고 정신주의적인 높이와 경험주의나 실증주의적인 아래로의 체험들이 하나로 엮어지는 일은 문학이 갖는 최상의 도구이기 때문에 인간의 일생에는 두 가지가 결합하여 나타난다.

대체로 젊은 날은 체험의 층을 두껍게 하는 삶이 이어지고 노년에 이르면 고담하고 이상주의적인 감성이 자리를 잡는다. 물론 전자는 앞을 내다보는 시선이 많을 것이고 후자에서는 돌아보는 추억과 떠나버린 사람들의 관계에 대한 처연함이 따라오는 이치다.

제2집을 상제하는 화자의 시詩조차도 젊었을 때 구사한 시어와 은발인 지금 구사하는 시어는 다를 것이 분명하다.

완숙미를 갖춘 김 시인의 시는 가벼운 율격이 마치 사르르 움직임으로 잔잔한 파도와 같다. 압도적이거나 위압적인 표정이 아니라 절제와 응축이 시적 기교로 마침하게 안착된 느낌이라서 시를 사랑하는 화자의 태생적 재능이 엿보이는 작품이라 느낀다. 시는 지난한 세월이 흐를수록 간결해지고 동심으로 회귀하는 본성을 지녔기 때문이다.

1연을 보자.

*"어깨 위에 떨어지는 / 낙엽 하나에도 가을의 / 외로움이 파르르 떤다"*에서 화자는 낙엽이 지는 어느 가을날, 어깨에 떨어지는 낙엽 한 장에 시인의 시적 감성에 불이 지펴지는 황홀을 만나는 지점으로 독자를 안내한다.

2연을 보자.

"저만치 / 온 산을 물들이며 / 숨차게 달려오는 / 가을의 군화軍靴 소리가 /공포로 몰려온다" 1연에서 가을이 외로움

에 "파르르" 떨었다면 점층적 도약으로 2연에는 "가을의 군화軍靴 소리"로 화자는 공포를 느끼는 감정의 극치를 맛본다.

3연을 보자.

"*별이 쏟아져 구멍 난 / 하늘처럼 내 가슴에 / 가을이 총구를 낸다*" 급기야 화자는 온 산이 붉게 단풍으로 치닫는 절정에 —감성의 극에 이르러 여린 가슴에 총을 맞고 구멍이 뻥 뚫리는 희열로 충만한 상태에 돌입한다.

서정시에 언덕에 있지 않고서야 도저히 표현할 수 없는 경지라 하겠다.

4연을 보자.

"*가을에 떠난 사람이 / 내 영혼을 파 간 것일까*"라고, 화자는 스스로에게 자문을 한다.

군더더기 하나 없는 맛깔스런 표현에 필자나 독자에게 군침이 돌게 할 수작이라 생각한다. 시적 여정에 한 걸음 더 나아가 보이는 시가 아닌 느끼는 시가 아닌 시 너머의 시를 깊이 추구하시라 권한다.

5. 화자가 거울 속 화자에게 묻는 말

시는 논리論理다, 시는 생물이자 과학科學이다.

인간은 주관적인 감정을 지닌 '파토스Pathos'와 우주만물에 존재하는 조화질서의 근본인 '로고스Logos'의 두 갈래를 어떻게 조화로 엮어내는가의 여부에 따라 시詩의 성패는 분기分岐하게 된다.

시는 파토스의 함량이 로고스의 함양보다 약간 많을 수는 있지만 둘의 균형을 갖출 때 -여기엔 독자의 수용미학적인 분석이 필요해 진다. 무지無知한 독자에게 고급한 시적 정서는 아무런 필요조차 느끼지 못하는 무용지물無用之物이지만, 시의 맛을 아는 독자에게는 한없이 부드럽고 아름답게 속삭이는 맛깔스런 표현은 깊은 애정을 선물하게 된다.

독자와 시인과의 공감의 통로가 열리면 구원의 언어로 승화되는 것도 이러한 이치이다.

어찌 보면 시의 정서는 결국 선택적인 독자에 의해 살아나는 생물生物인 셈이다. 때문에 시는 정치精緻하고 빈틈없는 셈법에 의해 독자에게 심금을 자극하는 예술이 되는 것이다.

무작정 조합이 아닌 논리적 도움으로 살아나는 영민함이 요구된다. 이런 계산 하에 시인과 독자와의 관계가 공명共鳴현상을 체험하는 뜻이 된다.

김 시인의 시적 인상은 그런 논리적 바탕을 전제로 감수성의 흐름을 포착하는 심오한 표정을 만나게 된다.

지면상 다 소개할 수 없어 유감이지만 한 수 한 수에 배열된 김 시인의 시어는 순수하고 담백하기도 하지만 고요와 맑은 정서가 특질이다. 이는 가슴속에 내재된 진실의 암시이기도 하고 정서현상에서 나오는 삶의 낮은 자리를 찾아가는 순수의 표백이기도 하다는 느낌을 준다.

공격적이기 보다는 수세적守勢的이고 내보임보다는 안으로 보듬는 정적인 특성을 우선시하면서 시의 의상을 채색한다.

노자가 말한 상선약수上善若水도 물은 위로 오르려는 것이 아니라 아래로 내려가는 낮음을 가르치는 —겸손을 비유한 말이다. 겸손 그 곳에서 시는 탄생한다.

제 2집의 시제인 「거울 속 당신 누구요」를 만나보자.

현관문을 나서며
매일 마주 보는 거울 속에
웬 낯선 여자가 서 있다

머리 위엔 파뿌리 같은
엉성한 흰 머리를 이고
구부정한 거북목 쭈글쭈글
골 패인 얼굴
조화롭지 못한 임플란트
하얀 이를 히죽거리며
괴물처럼 나를 쳐다본다

당신 누구요? 나! 당신

「거울 속 당신 누구요」 전문

거울은 자기 발견의 장소다. 거울 속에서 의식의 밝음을 발견하기도 하고 때로 거울에 어둠이 끼이면 맹목의 미망迷妄을 헤매기도 한다.

희랍신화에 Narkissos(Narcissus)는 바로 거울의 교훈이다. 메아리 요정 에코의 순결한 사랑을 외면한 죄로 신들의 벌을 받게 된다는. 그가 어렸을 때 점쟁이 테레이샤스는 '이 애는 자기를 알게 되면 죽는다'고 예언한 일이 있다.

어느 날 청년 나르키소스는 어느 샘물가에 엎드렸다가 물 속에 비친 자기 모습을 보고 그 미모에 반하여 끝없이 들여다보다가 역시 그리움을 이기지 못하고 결국 말라 죽고 말았다.

그 죽은 몸은 변하여 샘물가에 한 송이 수선화 나르키소스가 되었다는 신화이다.

거울은 자기애를 탐닉하면 비극을 맞게 된다는 교훈이다. 인간의 일로 말하면 역시 겸손을 가르치는 말이다. 자아를 각성시키면 맑은 모습과 깨끗한 참 모습을 볼 수 있지만, 오만과 시기 질투로 가득 찬 사람의 거울은 더욱 타락의 길로 인도하게 한다는 교훈인 셈이다.

거울은 물과도 같다. 이럴 경우 수양이라는 덕목을 추가할 수도 있음이다.

김 시인의 거울은 나르시시즘이 아닌 자기성찰이다.

그 이유로 1연을 보자.

"현관문을 나서며 / 매일 마주 보는 거울 속에 / 웬 낯선 여자가 서 있다"

"웬 낯선 여자"라는 시어에 숨겨진 메타포는 익숙하지도 곱지도 않은 어쩌면 보기에도 어색한 미움이 끼어든 모습으로 다가온다. 그 의미를 2연에서 확인시켜 준다.

*"머리 위엔 파뿌리 같은 / 엉성한 흰 머리를 이고 / 구부정한 거북목 쭈글쭈글 / 골 패인 얼굴 / 조화롭지 못한 임플란트 / 하얀 이를 히죽거리며 / 괴물처럼 나를 쳐다본다"*이 시어에서 낯설게 보이는, 괴물처럼 나를 쳐다본다는 거울 속 인물은 어스름나이에 선 김 시인임을 짐작하게 한다.

생물학적으로 변하는 것을 누가 막으랴. 또한 나이 들어가면서도 얼굴에 나이테를 만들지 않는다면 그것이 더욱 괴물 같지 않을까에 이르면 김 시인의 시어처럼 "전쟁 같았던 삶의 흉터가" 아물어 훈장으로 승화된 노련한 시인의 참 모습이 아닐까?! 시는 눈물을 먹고 성장하는 생물이기에 김 시인의 작품마다 진한 시향詩香이 만발하는 이유라 하겠다.

작품마다 마지막 행에 강한 임팩트를 주는 시적센스는 김 시인의 문학적DNA일 거라 확신이 든다. "*당신 누구요? 나! 당신*" 그렇다 바로 김 시인 자신임을 고백하면서 탈고한 수작이다.

6. 에필로그 —시인의 시詩는 고아高雅했다

시詩가 인간의 마음을 그리는 그림이라면 김 시인이 그리는 그림은 안온하고 따스한 정감을 표출한 수채화라 하겠다.

맑고 투명하지만 화려하지 않고 은은한 향기를 발산하는 시인의 성정대로 들꽃처럼 다소곳이 다가오는 여류시인이다.

시詩가 감각적인 에스프리와 감수성의 따뜻함이 교직交織하면서 순수하고 안온감을 전달한다. 이런 인자因子는 시인의 삶이 담백하게 반영되어 시의 의무를 다하기 때문이다.

부드러움과 깊이를 동시에 간직할 수 있는 한국시의 기능성에 한층 다가가는 시인이라서 시적여정에 환한 문운을 기대한다.

2집 상제를 축하하면서 한마디로 정리한다.

김용자 시인의 시詩는 고아高雅했다.